ウーサ
Ous(I)a

八潮れん

思潮社

ウーサ

八潮れん

Ren Yashio

序

装画＝神　彌佐子
装幀＝思潮社装幀室

ウーサ　八潮れん

ベランダにでて　ぬれた髪を梳かします
かぜがつよく心地よいので　くざさが遊びにきます
しばらくおとがとぎれて　それから……………………
ささの葉がこすれるこえ　だったとおもいます
ぜんぜん透明でないしぐさで失禁しました
ずっと夜明けで後悔しています
くざさを信ずるいい日和　からだは楽器で
おろかなホルモンは弦をつまびくゆびになります
どんな人も秘密をもつけんりがある、とささやきます

一〇〇〜一二五〇ルクスではどうにもならない

妄想分別

さっけが好きならぐっといっけ　その先の先のぐっと先にいっけ
呪物の　はだ　いろ　きょうあく　もっと　ひっと　ひっと
ひっとは群れ　どうせ群れるなら　ものいわぬ　ひっと　ひっと
そこにありそこねたもの　よびもどし　つきはなし
忘我自失のあじ　養えないせいきは　まぼろしにみたされ
良いと悪いをめぐり　いざこざがはじまる
うしなわなければ　みをむすばない症状……
きみはかんかくを乱すものにしゅうちゃくしすぎる

せいだもの　ずたずたの肉片だもの
うれしい変態においかけられ　にげこんだやわらかな家で
わるぶりっ子　さてどのくらいの酔いをこぼそう

いいなあ　そばによってみたいなあ　からだだもの
いっしゅん　地の底におちて　もどってくるじしんあり
いっしょにいっておくれよ

事件はここからおきなければならない
もっと　ひっと　ひっと　ひっとのあいだに　孵化しそこねたおびえ
火をつけようとしたら　ひっと　ひっとが自らもえだすこともある
ほんのしゅんかん旅立つ　さぴえんすさっ　け　けっけ
あふれている　きっとひそんでいる
かがやける　けっけ　毛いざとなれば汚物
あたらしいさっけが酌み交わされ　なにかほかなるもの
ありがたきものが　ほほえむ　ああ酔ったね
ぐるりとまわって　どんなものも埋められる穴だね
みたされることのない滋養として　さあぐいっといっけ
ひっと　ひっと　のまわりをまわるだけ
ひっと　ひっと　それ以上の　ふるい立つからっぽ
むりやりきりさいて　ひっと　ひっと　群れひっと　けっけ

ウーサ

見失うというべきか　立ち戻るというべきか
もっとも強烈に秘められた深い傾きから
めぐり流れる逸する常軌
E-メールからしたたる体液は判じ絵と思え
ここに対話はあるのか　わたしたちの身振りのせめぎあい
望むものはよりどりみどり
なぜか違うものを手にしているような
汗をかいた手足からうそつきの衝動が生まれ
清らかでよこしまなものを一瞬犯す　赤裸の笑い
まだ目の前の光しか見えない
だがどうしても子どもの形状はとてもさみしく
なにかを思い出そうと両の手を宙にとどめている

昨日イヌとすれ違う　今日はネコ　ヘビやタヌキにも
彼らはわたしをどう思ったか　気になって仕方がない
さっきもう一度同じネコに会ったので
思い切って背中をなでてみた
足に擦り寄ってきて一声鳴いた　悪い気はしない
できればあなたに拾われ深く愛されたい
そんな風に思っているのかも知れない
いやただのポーズだろう　他のネコはどうか
だんだん不安になってくる
わたしをどう思っているのか　好きか嫌いか
どうでもいいのか　言ってくれ
それを知ったからといってどうなのか　わたし……
それにしてもこのネコをなでるのは気持ちがいい
ネコの背中を触っているわたしの手のひらが気持ちいい
ネコの方はどうだろう　また不安が戻ってくる
こんな風だから動物園に行くと頭がくらくらしてきて

どうしようもなくなる
サルは？　ゴリラは？　ライオンは？
できればわたしに拾われ
深く愛されたいと思っているに違いない

人は体を売る生き物で
わたしは不可解でみだらです
成長と破壊は同じで
過度の性愛に浸らないではいられない
わたしたちがキスするなんてありえないでしょ
語はおどろいて　離れる
健康そうで　落ち着いたものを誇る気はなく
わたしたちの仕事とは　ホルモンをつくること
ある一極が動きだす
むしゃぶりつくしたら忘れてしまう　書物
食べ方をおしえてよ
近づきたいのなら刺してみればいい

そこに肉を与えたいのなら
おおいかぶさる一人の人間が
自身をつねって大声をはりあげている
たまらなく好きなのは　禁じ手をつくって辱めること
ホルモン　恋情と恥の化け物
ウーサ*なくしてはありえない
Iを大きく固くするために( )をしめつけるんだ

*

性的裸体化
片手でにぎる
なめる
暇つぶし
そえもの
しゃかい

おえっ　せかい
おえっ　あい　云々
目立たないように聞き耳を立てている　山師
壁にとまって動かない　一匹の思考がうそぶく
会ったばかりでも一瞬にあいせる
突発性オルガスム発作　この領域をものにする
けだもの
めぐりあえる運　ないしょでさずけて
なんでも好きなえささを差し上げよう
どうしても所を得たい
そんなものない　あたりいちめん明白地帯
ごみを捨てにいくだけの朝　胸がしめつけられる
いっそここからはじまる　幼稚なあい
誠意はその場でつくりあげる
感じさせて！　芯から
明かすことのできる顛末はうたわない
他人は　とことんだし

観察するお遊び　妄想するお散歩
今だけで
今だけが
このみだらは生まじめでみじめたらしい
(こどものころ　おおきなヒントに甘えてきただろうか)
もっとも敏感なところをまさぐられ　しっかりつかまれる
ヒントの手を嚙んでやった
つぎにどうすればいい?
けだものからの
しかるべき返答はまだない

*

不感めいせき
遊ばれたものから強烈ニュアンスがむきでる
本音とはそのときどきの情でしょ

だらしなく　ワルで好色な　からだにあったものだけをきる
発情期の犬コロは　かわいい
荒屋敷　せまい落ち池　セミ落ち苦
あいして　あいして　あいして　あいしてと
セミとカラスがないているので
ほしい　ほしい　ほしい　ほしいとおうじ
その発話レベルで　いいのか　にしても
ふかくふかく友だちに　なりたい　なりたい
セミとカラスのまっさかさま
原本では　なんとなくのか
荒屋敷　せまい落ち池　セミ落ち苦
せいかつの綴じ目をしっかりむすぶとき　ほどよくはずすとき
はしたなくひらくとき
楽の夏　うれしくもあなたのせいで一瞬くるえる
知るとはセミカラス情とむきあうことでしょ
ベッドのなかではたしかに恋していた
はまりすぎる　嘘をついてなにがわるい

真実にこだわるな
いい子にしてなきゃ捨てられる
巨大なおもちゃものがたり
情念げんじつに血まなこ相床
わたしはあなたのまえならはずかしくない
ひとは消耗品であるから　ひるまなくてもいいとか
経験と体験はちがいすぎて
いつでもどちらかが深くせつない

＊　ウーサ　アリストテレスの用語「ウーシア」（実体と訳される）の由来となっている語。
「在る」の意。

補助的な役割分担

下手にいじるな　なかなか精巧にできている
はんとうめいな無害　ラングドシャちゃん
だれも気にとめないほどの善悪
たばこを吸いながら　しみじみラングドシャちゃんのけむり
吐きだして　そのゆくえを追う人がいるだろうか
おもいきりよく
くさるバナナのかおりが
すてき笑顔でおちてくる
生粉過剰ミキシング
かんたんにおぼれてしまう　かなしみ好き
アンドレは臭くない
なにも知らずに君を食べても臭くならない

深層アンドレに起こったことをあれこれ　こねまわす
一枚の焼き菓子
アンドレ風味がうまみを引き立ててくれるから
もういいかげん　ニヤついたっていいんだよ
アンドレの切り身　塩こしょう　バター　しょうゆ　レモン　ケーパー適量
味わいつくすことが命づなです
のどにひんやりおいしいヒアルロン酸配合10ｃｃ
好みにあわせて調節できるはず
そろそろ顔上げ強制
なんにもまして険悪で連携も温もりもなく
けちで打算にみちた逢引き　やりたいほうだい
アンドレとラングドシャちゃんはなにを分けあったの？
しゃかいがはいってくる
おのずからしめされた音節がおしいってくる
おちぶれの子がきざす
ラングドシャちゃん　しがみつく
むかえにきて！　アンドレ

忙しいから今的融合あそびは棚上げだよ
冷蔵庫で保存の上　無益に生きていってください

杏仁丸・深房六夢

頭がある　あふれている　あふれでる　ひっぱりだす　ひきまわす
一つ去っても　二つ去っても　あとを追うな

赤ん坊はゴミだめに　まるまる太ってころがっている
不潔だった　なんの不満もなさそうに
もぞもぞ動いて　もうじきお座りもできるだろう
なんだか可哀そうになって　ベッドを掃除し
こいつをフロに入れてやろうと思い立つ
や、今はやめておく　酩酊しているから
排水口につるりは困るもの
この子を失ったら　声を押し殺して泣こう
しかし赤ん坊は日に日に成長し

欲望のまま顔を汚して
垢のついた皮をぶらさげ
この世をうまくわたっていくはずだ
酩酊している　この子　久々にほんの数分
おもいきり泣くことができたらしい
赤い夢米をいやがらずにたべ　赤い夢汁をすい
赤い夢汗をかき　赤い夢あせもをこしらえる
やがてきらびやかな赤い夢酒が
赤夢ん坊の脳裏をねむらせ
赤い夢女が　赤い夢排水溝に
数個の赤い杏仁丸をうみおとす
紙魚でしかないその深房で　この子らはいつも
空隙の場につきまとう
福々していて　どぶ臭い
おむつの中の赤い夢下痢便は　尻の穴に
それにつづく殺菌局部に不埒をつげる
飲んだくれをつまみだせ

飲んだくれをつまみだせ
杏仁丸は体を温めたい
誰彼に何か優しいことを言われたい
それだけがために生まれた
そう印刷されて　杏仁丸は杏仁丸になるのだ
ほとんどの悩みは　身のうずきではなかったから
足をばたばたいわせて
ぎゃあっと泣いてみせて
どうしてもそこにある　動物臭
もうすっかり朝になってしまう
急がなくては
あの子らの授乳に間に合わない
とても愛している
とっさに立毛筋反射
乳頭がふくよか　赤い匂いをたてて
幾つもの杏仁丸がはじけでる
ずっと昔かずっと先の　ゴミだめにころがっていく

不断運動の諸制度

エロリリカルな心がけ
どうであろうと目についた一切れに情けを売る
すみに置けない絶望能天気
ころがるときは　おとなへんげ
脱ぐとは　思考世界ののぞみの涯
とりのぞかれるだけのもの
おのおのが肉語に突入　色よいあしらい
とどまるときは　おさなへんげ
それでもしっかり手にする
刺し食い崩れ怖じ波咬み待ち真似いきれ好き
道楽者のもうぞう大ひげき
ローリング・一切れ　あそびへんげ

今日　その領域にいくしかないでしょ
酒場で公園で　つい個体差をわすれ
彼ら一切れはいろいろ問題提起してくださる
まったくなにも考えなさるな
狂わない　なかよくしましょう
招いてこばむ　外皮と外皮
愛らしきものがうまれでて
であえる　きっとであえる
一切れの一でもいい　うんでみたい
書物を肉ほどく　追思考
ＨＯＬＹ　ＨＯＬＹなＨＯＴＥＬの子
いま懐妊しました
うわべの権利をおおかた手放し
だまって恍惚をととのえます

音吐

グロリリカル　未開のかんらく　れきしは個々にくりかえし
なにをするにせよ　それが好き！　と思いこみ
年老いたつぶやきをきいているふり　ひだり手を胸にあて
往生の匂いをすう道ばたで　あぶないよ　吹けばよろけるふめいりょう
瞬間ひとりじゃない　偶然でもないフィクションにおちいる
いいわね、お幸せでって　みそこなってはこまるな
世の中どうしても　扇情色魔ギグ
動植物のあぶらをぬりたくり　のたくり
このちいさな世は男君ばかりでいやになってしまう
善人の妻になって静かにくらし　つぎに口にするものは人造サーロイン
霜降りきわまった牛に　デコンはありえますか？
遠心も求心もうせたマナコ　ひときれの欲望で

ルポルタージュはととのえられ　脂肪網焼き
ソフィアの興奮をかりたてる　できた牛たち
とけでるうま味と臀部　もっとなれなれしく親しくしてほしい
おいしいものにみとれ　みとれ果て
下品な冗談のつうじるもの

い　かないで　　　いかな　　いで
　　　いかないで　　　　いかない　　　　で
いかないで　いかないで　　　　いかないで　　　　　　　　　　　　いか
ない　　で

　　　　いかないで　　　　い
　　　　　　　　　　　　　　か
　　　　　　　　　　　　　な　　　　　い
で　　　　　いかないでいかないで　いかないでいかないでいかないで　　い
　　　かな
い　　　　で　　　　　　いかないで

いかないで　いかないで
　　　　　　あなたで

はなく　あるじの　いかないで
あなたではなく　よくじょうのあるじ
お会いしとうございます
口渇いて　使いたいところを知りつくして
わかるからだは　すべてを知って　かんがえ　落ち
手と手がからみあって　かたらなくてもいい　し
お会いしとうございます

頓着しないでその場にすてな

ラムール・ロマンティッキの教育的破棄

ドラゴンと地獄の煎じ薬　といっても
テレビのなかでガブリとやっているワニ×赤とうがらし入りのリキュール「地獄」
イシキはいけない　いっちゃわない
朝は通販の高級ダージリン
昼は自販機の深むし茶で
夜は生協のほうじ茶と日々は暮れ
あらかじめの規定は　後々の苦しみ
イシキはいけるのか　いっちゃえるのか
ラブ・アノニムになっても
けっして地続きにならない個と個
失禁は密かに済まされ
十分抽出されるまで性は色を抜かれる

汚れなき女の心身勃起
そののちとても大切でつまらないものが壊れてゆき
流し目ひとつで謎をひざまずかせるホスピタリティー登場
ふたたび個と個に失禁をうながす
飲み直そうぜラブ・ヌミノーゼ
夜が明けたらウェルテルを気取り　いとしい人のために
脱糞の歌でも書くのだろう　そのまま悩ませておけ
何を壊せばいいか　誰もが知りたいわけじゃない
ではこのへんで　優しく抱くか　とどめを刺すか
どちらかで手を打とう　ラブ・ロマンティッキを殺れ
目の前にある飲み物はどんなものでも　なみなみと注がれ
地にこぼれて汚れ　安い涙がいまいち
もう一歩だよ　おまえ、なにやってんの？
ラブ様を強く押しのけ　高笑いする不可抗力
「無用」のことのおしゃべりはもうやめだ
好きにやっちゃえば
おまえのほしいものは至近距離にある

＊

なにをしてくれるの？　糸　なんでも
あなたの好きなこと　なんでも
だから会話くらいできないとねぇ　言い散らし　散らし
道玄坂のおもちゃ屋のムミムシュウより
高級下着カタログのぬがせかた
街でたれながされたラブシーンが
妄臓におちて　らんじゅりの薔薇
化学繊維の真紅　幻想だけがキスをする
くちびるはただひとつのものとはほど遠く
はじめから離れている
ここからはシンボルとしてふるまい
一日中恋を発情させてみせます
でなくてはおまえなんかなんぼのもの
逆世界のことしゃべりすぎて
油断ならないねぇ　糸の刺しちがい

交わりはひとりで幻視する
技にはまったふり　切に愛をかたむけるリビドー姉さま
あなたがなにものでもかまわない
さっきまで身につけていた肌はベッドのわきに消え
さらしものになる　げんきになって
あっけなくイってしまう
わからない　なに一つまともにできない
このしゃっ面さげて
だれが尺度の内臓秩序
もうあの糸を思ってはならない　さみしい糸

思考の沈着性

この生っぽさはおなかにいい　あたまかちわって
蒸した肉　あつあつのところ
ひとこいモツはパンチがいまいち
透明スープのルポルタージュ
きよいとろみに　さいなら
ぞうもつとは求め合いたいので
なべ底に巨大フィクションがびっしりで
これしか能のないレシピ　お食べ
まずいものにはさからえない流儀だから
なぞは常にかんのうてき
使いはたしても消えてしまうことはない
さまざまなものにへんしんして
各種とりそろえたモツ煮

テキーラ　ボトルいれてよ　ブラ失踪
メゾン雄にて　みもふたもない情事
あなた　感じのよいおつまみ　そういう大きらい
優しそうな味と香り？　とりはだが立っちゃう
しあわせストレスの煮込みはじめました
雌雄同体ウミシダ　がつんと生き放題　かしこい闇なべ
ロマンティックすこしだけ入って
はっ　うーむ　わたしは無害　主食はどこ？
あてのないラブフックが　立ちあがり果て立ちあがる
手づかみでどうぞ　そののち下痢をたのしんで
はっ　うーむ　腹痛なまりでしゃべります
うるさいといわれても　くちびるうっとり
だれもかれも自分の悩みばかりだね
情をとげたい　カップ何杯いれればいいのだろう
はっ　内臓の奥になんか紛れこんだ
さわぎたいのなら裏でしょ
うーむ　まあいい　妥当な強火ですくいあれ

異同する

デルタは冷えた棒を求め　恥をたのしみ待機する
きばつに情をとりまとめ
とんでもない　とつき返されて途方にくれる

デルタは悪し様に赤薔薇をよそおい
その内壁に身をこすりつけ
アイヨクノシャクドをさそいだす
交差点で人とふれあって　快感をおぼえる
えっ、あなたどなた様ですか？
お手軽にころがる舌と舌　すてられた甘みはたわいなく
ひき逃げされて　いっぱんか
セルフ　真の姿らしさを　どう告白しよう

ただあたしたち　ちぐはぐなモノとして横たわり
あることとないことがまじり合って
不自由で大げさな語り手が
沈着冷静に起承転結を書きおえる
そうとう不快な思いをしました
詩にしていつも身につけていたいです
あたしたち　いつ駅にたどりついたのか忘れている
それぞれの改札口を越え
にげていくエゴをとりもどして　ねむりにつく
きえざるエゴに足をとられて　ころげまわる
いそがしくてデルタのあいて　できぁしませんといわれ
あこがれ月がとても長く
飲まず食わずの贅　贅
あの子を深入りさせた　逃げろ　贅
まちがっていなければ　ただしくもない
ぐうぜんかきまぐれの
デルタ、立って死ねる？

いいえ　とてもそんな

＊

からだが突如職場に侵入し　あたふた自我はトンズラ
この程度の自己同一なら　まあ許せるとうそぶき
だがたしかにほしいものは無意味
喜怒哀楽さえも　エゴに支配され
じゃあどうしたら　天国へ行ける？
君が淫らであれば……
かならず気ぐるうのが人
おまえなんかバッドガールになれないといわれ
くやしくて大泣きした
ロミオ役がジュリエットをやり　観客も舞台も
終始入れ代わり　ばらばらの身体興奮集合
色情嗜虐職場荒らし　あたふた自我はトンズラ

その顔面に放尿してみて　はじめてわかる
それでもなんら変わらない
あいさつをするように
出会った人をベッドに誘う者がいます
机の上をかたづけて　さっさと済ませよう
告げ口はそのあとで　相手がだれであろうと
複数の愛玩する動物たちが　どう化けるか
少女は冬の公園でひとり酒盛りをする
乙女されつづける文節不毛
デフォルメされた股間に見る
アイデンティティのでたらめ
ふらっと少女は電車にのり
はまり役の男と出会って子を宿します
あたし、乙女の研究家になるよ、先生
臨床心理学者はホルヘの女娼です
あいさつをするように　電話ボックスのなかで
男のベルトを外すひとは　致命の匂いをたてて

泥のなかに飛びこみます
泳ぎたくてしかたないから聖水がなければここでもいい
妄想こそとてもヴィヴィッドで
じゅうぶん苦しめる　これら洗練乙女たちは
どれほどにも　邪悪にかわっていくことができます

*

元気にあそんでいたのですが
そこにある花薔薇錯覚
弱気になってきんちょうしています
黒髪の乱れてけさはものをこそ思へ
とてもよく知っていることは始末におえない
マダム・ベーはまだ子ども
天の底がひらく興奮と受胎をのぞんでいる
おももちは生きるままにまぼろし状

さみしいから　うかつによろめく
ひとがひとを直穿く
ありえねぇ　妊娠
知らない人の月経をまちつづける
花薔薇おりものをひきずって
表がだめだから裏でメチャクチャおやり
休息ののぞみはなし
この子のめまいの重要性は
並外れて低俗なくだらなさと
まざりあう限りにおいて意味をもち
ひとり立ちできる
気まぐれフェロモンの尻かおり
マダム・ベーはいま分娩台にある
排泄しきれない胎盤ストレス
酸素マスクつけて　絶叫玩具の落ちるさま
かけちがい法則が破水して
なにも考えなければとても勇敢なマダム・ベー

ひろびろした感覚に　あぐらかく山師

*

今日もしとしとだから
手のひらにたまった　合い液をよむ
あっというまに　冷たくなってしまっても
悪語とはどうしても思えず
皮膚の谷間に　いつもふかくただようもの
愛されているという　妄想
おむつがりならはった
（うちはオルガスムやおへん！）
冗談のきかない一片
この面ひきずることは　ひとつのポーズ
お金がなくなったら　そく質入れだけど
つまりきょうびの形態

おすめす残骸　日が暮れます
おしゃれな損ない
開脚して安心して
お前より俺のほうがすぐれている　通常はな
いまーいまーいまーいまーがあるばかり
死ぬほどしんけんにあそびたい
低迷することがお作法で
毎日がおまつり　刺されたら　刺しかえせ
「ああ!」でもいい　なんとかいって
可愛がりすぎて殺してしまう
のたまう　いっしょに笑い狂って!　などのたまう
目の前にあるものは　なんでも食べる主義
きみとの睨みあいは　無類の気晴らし
あれもこれもむだ使い
同時にふりかぶって
しとしといとしく　お届けします

光に凝ってカーテンがひらく

ヌーメンの局域

夢でない面妖が現れ消え　一人でに語らう
わたくし恥じらいがない
今日はこれから用事がある　どさくさ
もうひとつの皮膚を飛びちらせ　実は恥じらいありや
油は血　鼻がまがる　ことあるごとに口が動き
生きものどさくさ
迷ったらまず無意味の感触をさがせ
おもしろみのない結果として
お行儀のよい光が武器？
思うところに飛んで行きなさい　人いきれ
ヌーメンが立ち現れる
何かとろみのついた液体がぬるりと大きく沸騰するさま

姫君、飲みにいきませう
いくいく　然るにこんなものでいいの？
こんなちょっとのリアルでいいの⁉
いつの間にか指に塗られた　多量の攻撃的成分
自由には興味がない　真実より得する話を
結婚しよう　その後は指一本触れない
おしゃれな夫婦だこと　話しかけたら殺すよ
地に張りつき　もうろうと土ぼこり
好きにやっちゃってセンチメント
姫君、泣いているの？
ええ　今日はもう絶対許さないって　大の字お父様が
生んではうらめしい　象徴培地
犯そうとするものは犯されているもので
からだは働くためにだけ　動くのではない
邪魔するなかれ　わたくしを生み出す　一人また一人
ひょっとして　これが性愛運行の秘密？
せきたては廃位しました

なぜいつも　排泄のあとの
虚脱としてなり立つ　あるじどもの音吐
本日限りの掘り出し物に満ちている
このお宝はすべてわたくしのものだ
わかっているのか　なあ姫君

*

いくつかの部屋があって　絶え間のないひっこしが行われる
たくましく発色するうわ物
気はうわ盛り　セオリー横目に下燃え文体
だまされる　だまされる　多数の引き戸　半見え
世の中つりあいだけじゃおさまらない
ズレが変調して　不安になるちょっと手前
斜めにまわりつづける安定　高速回転で計算不可能
あまた　あまた金銀砂子のやつし

いったきりになってしまうのはいやだ
論破の対話ってきもちいいの？
力×仕事　テクニックをおぼえろ
住居として　掛け値なく住まれる箱がくねる
代理の冒険で　非ピリン系意識のふしまつ
嵐のときは舞い上がり　風にのって身をまかせる
まったくわたしはひとの口説き方をしらない
いったんからっぽ　ふたたびからっぽ
二十キロ先まで視界なし　性愛域にたえる
よろこびがあるから狂わないといわれ
後ろ手でぎゅっとたばねる
からだという整理　せいかつという整頓
そのまま方向なく　離人と近人はであい　異常終了
ふるい言葉ですが芸術的です
からっぽの家でなにをするの　いけない子だ
しゃかいがうながされ　相手がはなれても
ぐっととらえていれば　再びヒューマンの実利

わきたつ大釜　賢人がつぶれるから部屋
消えてしまった大もとは
一度もじかにふれたことはないけれど
生ものであるとしんじた
目の当たりにできなくとも　身にきえていく
わたしはかつてそこで生きていた
またあらたに間取りがつくられ
ささげられるヒステリア
全身をふるわせ満ちた語りが
一気になだれこむ虚弱体質みせびらかし

*

近づく手続きははぶきたい
いんげんの充溢
あまた、わたしの師です

ますますお美しくなられて
どうぶつの生理が散在するしかない日
あるじ自身に欲情するしかない日
おまえ　すごいさみしがりやで困りもの
ギャグ飛ばしはむずかしい
いんげんを勉強しよう
甘味し尽くせない気質だから
いろんなところで修行しなきゃいけないね
まことしやかに飛びから
神様や化身や戦士たちをかきわけて
過重力の部屋で紙片にたえる
さあ願いを　どんな願いでも言ったが勝ち
では明るい野性を
明るすぎる野性をさずけてほしい
この戦闘をこのむのは
成り行き上能天気な冒険主義者
おお　いきいきとした善いいんげんが

ここにたくさんあるではないか
手をだせば　やさしくにぎってくれるのではないか
筋をとってゆがいて　肉をいためて
泡とばし　おしっこして
はやくここへ出ろ　はやく出ろ
使い果たしたいホテルへ　めくるめく安宿へ
毎日一日中イカしたささげスキャンダル
おまえ　生のみ
殺人者と遊女とマザーであるいんげん
げんかく主義の新傾向
ひそかに支持して　すきなだけ抑圧されてみないか

実用的な認識

やめときな　聞かれたらどうする
どうするったって
足のタコがひびわれて　出てきたものは
はっきりとなにもなし
つめ切りで切って　さらばクウへ
からだをただよわせることでいうならば
絵のなかのうつろな美女と同等
毒は鎮痛物　鎮痛は毒……わたしの
くだらない話をさえぎって
しゃべりだすエロティック
散文のひとり立ちの千夜より
一夜かぎりのＢＥＡＴ

ものごとに不満をもつために生まれ
いって　いって
人毒の遊びをせんと生まれ　物欲しげな目
かれらとはマジな仲じゃなかった
こんなにも思いこんで　人生を狭めている
自由の能無し
なにもいわなくなった終末の人は
ナースの強烈放屁に思わず説教してしまったそうです
臭いなぁ　あんた　若い女がなぁ
人前で節操のない
はあ　なんたるディーバ
半透明性の介入　ここで芸術登場
秩序にとってかわることのできない　猿真似
飲みこめないと思っても
飲みこむんだよ　ここでは
いつでも交換可能な　耐えがたくない淋しさ
飛行機の墜落を宣言された人から

ハグされキスされる代物が
いつもここにあるとしたらどうだろう
マゾだろお前　いや説明しなくてもいい
常に説明できることは
せいぜい世界の二十パーセント
戦争でもない限り
おまえなどだれが欲しがる
だからって　ワニがおおぐちパクパクさせ
カバがあくびしているのを見ていてもね
みごとな我を　こわしてみよか
汗を採ってもいい？
匂いを採取しているの
美しい男はにこにこして
即座に両手をあげる

各個体の生命システム

ピリッとくる午後九時
一つの実がひろわれ机におかれる
いっしょにばかになろう
快楽を不安からきりはなしておきたければ
この世はざくろのパラノイア
脳みそは赤い肉欲でいっぱい
ぴゅるぴゅるする寸前のにゅるにゅる
なにも繕わないでしゃべりちらしたら
語るには資格がいりますと智天使気取りのケチくさい奴
ふりむけば冠は割れ　人肉　あまずっぱい
早く飲みくださなければ　ただのシロップになってしまう
ひみつは人に話すもの

知らないこともかまわず口にだして
薄いよろこびより濃いくつう
ある風変わりな方向に切りひらかれたクスブス*
尿があふれだし　ざくろの匂いがたちこめる
生でたべ　蒸してたべ　茹でてたべ　焼いてたべ　揚げてたべ
ここにあるのは手帳　手錠
ささやかなきおく
りかいとはことなる　かすかなであい
おどろくほど見世物なくだらなさ
ざくろ気の悪所をてらしだしたところで　センチないんらん
そのようにてらされている肢体街灯が
これが生であれが死ですから　お楽しみはこれからです
そう肢体　てらしてらし　そう肢体街灯であるなら
さしもしらじな燃ゆる思ひ
すっかり調子の狂ったくだものは倒錯され
息をふきかえす一歩手前で　なにからなにまでぶんかいされる
わたしはボケているが　気づくこともある

絶対的な熟しのしゅんかんは　つかいはたすだけでいい

＊

笑いジワのできる青梗菜　ばかうま
匂いづけして　かりそめのにんげん
声をきくだけでイッてしまう
真実《マジ》、近づきすぎた？
からだを可愛がってね　一つしかないのだから
無意味なものでありつづけるために
まったくニンゲン核は手にあまる
総合機能がバカなのは青梗菜のせい？
むすばれることはなく　ゆめみられることもなく
——興奮しないよ、そんな血だらけのからだじゃ
きずつけられもせず　とらえられもせず
仮屋で胚

わたしたちの幼体　青梗菜自身の
悲嘆妄者の愛し方　おしえてあげる
肩をすくめる　すべっていく　老いていく
とじた頭は意思のしずくでぬれ
弱さになれた囚われが　割れ目にへばりついて
――泣けばいい、おまえ　バカにされればいい
つめたくされればいい
この性的愛戯に似たもの　いとけなく　うぶ
おなかの子はすこしも大きくならず
出会いがしらに総合機能は懐妊します　させます
内向する子宮において
直観の配偶子はひとつになり
受精卵感覚のうれしはずかし
雄核は雌核とおなじ流儀で恋する
とはおもえないにしても
ハンサムな観念とひみつをわかちあい
なんてしあわせな着床

このわがままなわたしが必死でがんばりました
注釈ぬきのキス
直射日光　高温多湿をさけて　発生しはじめるぶんれつ
その理法に　なにもよみとけるものはない

＊　クスブス　女に化けて夢の中で男と交わる悪魔

光カフェで地球の血の字を注文する

ラブ・ヌミノーゼ

天空のさなかに人参をうけとめる
いつもあけっぱなしですので
憎からずの隣人　どこからでもどうぞ
よくぞここまで互い違い　相手の身代わり
人参なしでは隣人はないという想像
最初からなにをするか決めている
吊床でからまりあって
おお恥ずかしやと舌をだす
四百四十ヘルッのラ音が語る以前
そこに掟を置きたければどうぞ
みだれる遊具の激流に目をうばわれ
衝突点のほんのわずかなさっかく

結婚という気体は蒸発して　しみひとつない安息
ボディでもマインドでもない絶倫
整理された関係に　悪意があるわけじゃないが
愛らしいルーシーは三人の人参と結婚し五人の隣人を作りたいと言っています
どうしたら裸になれるのか
あきらめきれずに声はわれ
みみずばれの顔があらわれる
なにを待っているの？
交尾の合図？
あまりの充足をひきおこすので
耐えがたくなるほどの出会いは　口ごもるしかない
この鮮血のすじ
勃起した人参たち
隣人でないものと等しくなる
ごく限られた内攻絶叫マシーン
一生の直接光景とくらべ
はるかに細心の注意がこめられた砂糖漬け

隣人は人殺しと色情狂とマザーのものに没入する

*

民となんか心中するものか
わかりやすく　からだがはげしくふめい
いきおいあまって　ポルノグラフィ・レアリア
食通にはわかるはず
ぶんがくの美しきボランティア味
キスしたいのに講義がはじまり
かわいそうに　いつも性のおもちゃにされて
おもたい愛撫一行に体重をかけ
未使用な文法に　接近禁止命令
だれにでもだし　だれにでもださず
民はダーク　笑いばなしが匂う
言語育児はめんどうくさい

ただ唯一の　惨殺のゆめからさめる
アナコンダがオカピーを巻き殺すところＴＶで見ました
そんなものにひざまずいて執着します
なりたい情景にとうとうなりきって楽しんでいます
まちなみは謎づきのいい肉
よのなか　このような反応　はげしく交わり
幹にすいこまれていく民
たとえば桜見とはそのようなもの
ちらして　そのさきの花びら　しゃべりちらして
いつもとつぜんの　ふようぃな人肉捜査
痴れ者が一日をどのように大騒ぎしようと
単語は知らぬぞんぜぬ暴きませぬ
だってわたしにはそう見えるのだもの
もういいから　もろとも投げだしちゃえ
伝統を踏襲して　がん飛ばす
むつごともまだつきなくに明けぬめり*
アノニム　あるじの知らないことをすべて知っている朝帰り

駅までしらじら　駅からふらふら

＊

発話のどこの切れはしだったか
青みがかった灰色のショーツを
忘れてきて赤面する
そこには人ひとり
生きられる場所があるように思われる
文肌はうるおい　気もそぞろ
青みがかった灰色のショーツは知的傾向
おなかの中にはぞわぞわと
なん匹も思考する蝶々がいて気むずかしい
ロックな兄さん、セクシーと思うなら
ここ、ふかくふかくぶった切ってよ
陽気な酔プレイガールの声がして

捨てな　捨てなって　一度脱いだら捨てなって
ショーツは高価なものだったので惜しいことをした
でももっと裂け目に富み　縫い目の合わない
もう一枚のレースをはいているから大丈夫
時間無視の股間をさわってよ
憑依したショーツの原理をほぐす
こころおどる作業だけれど
まだ危険なものはなにも見つからず
ロックな兄さんは遠くにいっちゃって
これっぽっちでいいの!?　ほんとうに？
これじゃぜんぜんもの足りない！
理屈っぽいのは変質者の証拠で
女も男もじごくと言ってしまっていいですか
戯れにだれかに毒をもるのなら
調合はわたしがします
秘密もへったくれもない
交感のさきっぽで

食べて出しまくるショーガイの
荒々しい精神運動だもの

＊むつごとも…　古今和歌集

バロン・ド・エス

いかにも神経症的な筋立て　ピエール・ルイス
ビリティスなる古代ギリシャ詩人をでっち上げた作家先生
五十四年の生涯で二千五百人の女性と関係し
死後もどこかで赤ん坊が生まれていたという晴れ晴れしさ
四百二十キロの未発表の原稿とモルヒネとコカインとワインと
シャンパーニュと煙草と借金と債権者との交わりの最中にこと切れた
その時々の幻想と希望に生きること
享楽する文字はどのように整えても
逆さづりになり　風変わりに純化していく
人との誤解や不和はおかまいなし
しゃべりつづける　手遅れになる前に手を打つなど姑息
誠意という窒息には耐えられない

なにかしらの斜面　古びた土地
手負いの情が　半開きの墓を伝ってやってくる
無い島にて無いことの
求められぬものを持ち帰ることが願い
ある楕円形が手をさしだす
（どうぞしっかり握りしめてくださいな）
若さを作るには時間がかかる
発掘されつくした場所では
不意打ちの声やしぐさが恋に踊られ
漁色者たちは　ありふれた情交に毒を見いだす
ぷつぷつはじけるビリティス文様
温かくて優しいものに　鞭が打たれる
これが愛ですという紙札はやぶられ
何も成さない古跡　見あやまったもの
必ず滅ぶという感傷もろもろ
いにしえのEの音よ

もういいから仮想のからだなど萎んでしまえ
墓守の要求にしたがい
神殿遊郭において難解な詩律は訳される
ビリティスたるもの
何枚もの処女膜をもち
手足がじかにたずさえた名無しの法を
まず口に入れ　まずいなら
さっさと吐き出せばよろしい
朗誦は嘘をつく
一生に一度でも本当のことをいうかどうか
どこにも的のない修辞として
亡国の姫人形を食べ　氷の破片で腰振り
切り落とされ　血の氷上で輝く大股開き
さてこのへんで
古典学者ハイム氏というのが
まがい物の神話を発掘する
遺骨は見出されることを

拒むように脆くくずれる
どうぞしっかりとどめ　交わりおえてくださいな

＊

襞、たち騒ぐ　ない傷口をなめよ
このとろみこそ甘味
憎悪のかたまりの　愛のチーズ
からだの世界は恥を知らない
裸になって散らばっていく　タフタイム
これからのことは　早期警戒システム発動
蛙に魅入られ蛇
このホテル世界でも　日々事故は起きていてー
一命さまをとりとめる　二命さま　三命さま
四命さま　五命さま　六命さま　七命さま
地図で見たら途中で消えている標示

わらわらと陰画がうきでて
一晩に何度でもけんかして
どうにも答えようのないことをうめいて
オシヒラクこと
いつでもスタンバイ
身体乳化図式
偶然の夜な夜なこそ
磁場増強マシーン
蛙に魅入られ蛇
run bitterrrrrrr
なんて気持ちがいい
最悪のことをやりかねない
我輩は蛇と蛙を　あらゆるごった煮を所望する
さらば一人格　むすび玉ころがし
そのような正常なる性器の背反服用
まさかの事故に　人里離れた
癒しの隣人バロン・ド・エス

このお方はすんでのところでかがやく

*

いとけだかき　浅はかなるその時点
肩から手がすべりおちただけ
ヒヒじじいとなられたお祝いに
ひとつおことばを
立ち返りながら引き離される
さして運命ともおもわれない軽い倒錯
情景はなく　語の思いあがりがあるのみ
ねがえりをうつばかりで
からだは醒めそこない
鎖骨あたりで　抱きそこない
うざい奴
でもせつないね

またかならず侵しあえるからね
わるい時はみずからをもとめよ　ヒヒじじい
多くの死をいたんではわすれ
変わりの早さのおそろしさ
ムカつく機能だが　必要があれば
断固として流れに逆らう
抽象とポルノロジィ
ヒヒじじいはあまりに長く処女でいたから
これからは腐敗のことで心をまよわせる
古式ゆかしき身体たちも
あまりによく混じりあうので
生死はさだめがたく
時間はいらないとせきこむばかり

＊

互いのくちびるの延長として少女は懐妊しました
たしか恋をしていた
相手がわからない
順調？　おなかは遊び場
ざらっとしてとどまり
一日一日これで最後だから
とことん妊娠
新緑のころ　精が街中でにおうから
非言語的好意的身体動作をためしてみる
数羽の黒光る鴉さえ　二、三歩あるき
羽ひろげ翻るエロティック
いましたけなわの女いでて
（レダってすごいあばずれでェ）
大鴉にからだをあずけ
これ以上宝物がふえたら気を失ってしまう

鴉はじつに率直で飾り気なく
そのこえが嘘でもレダは信ずるしかない
祈りとか受難とか浄化とか　そんなこえに
いつしか惚れこんでみたいが
ホンキィトンク　糞尿がただよい
あとから芳醇な果実のうまみが
立ち上がるのだそうだ　ニュゥヒィロゥ
食・ロック・詩・セックス・書物・恋・毛穴
これら線条！　同時の受胎
哄笑以外の　なにものにも関心のないハラミ
胎児包容と医師にいわれ
父親はだれでもないとこたえる
（つまんない奴ら　あれぽっちのことでビビって）
安売りしちゃえレダ
サカリのついているうちに
もっとも理にかなった不条理は
焼印をおされた家畜のお産

けなげな朝の意識をねじまげ
とうてい行きつけない堕落と
わたくし正常な欲望のあいだに見る
似たもの同士の胎児排出力

高照度光療法

やみくもに交わされる　ビタミンB欠乏による　クイックウォークの
ソンゲン　セイシンカチへの不信　金　禁書を　アルコールでひたす
ただれきった　とひやひや　否定のあそびをするのみ　幼年時代から
血と海水はまざらず　詩をかく何者にもなれないハピネス
そのときどきを生き流せ　虚血　座りすぎた　お日さまが錯視
潮のにおいとカラス　大倉山森林公園は大潮　満潮4時23分
18時34分　干潮11時29分　23時45分　ぼくドラえもん・でした
到達言語が優先　お日さまがきている　そら豆の皮をむきながら　軽々
セブンティーンって雑誌は　まだあるのかしらと　時々道ばたで
胸やけをおこすけれど　地味で太った女と　金髪のヤンキー娘カップルには
ぴんときたね　ゆるんだ顔で腕をくみ　小学生にからまれても
いいじゃんねぇって　幸せそう　内心はどうか知らない

ペットボトルの水が　小気味よく泡立ち　音無しの底には　泣き言だけがある
もっと奥底には　赤ん坊の血肉が　大音量の明るさで　めらめらしている
次はなにをするの？　俗にのたうつ　オレンジやピンクの天気　心音
意外と広く軽い恥　つじつまは合わせない　お日さまがそれほしい
というので　穴のない機関銃をあげる　手抜きなリセイ　かわりに
サプリメントをたくさんもらう　悩み多き血清に　デモ隊がなだれこみ
もりもりバーベキューな　虚血　がんがんやれ

あとがき

どう表象されようと、詩と呼ばれるものはなくならない、と思う。そこに身体がある限り。だが他人の肉の話など不気味だろう。だから時々は詩を読むことに疲れる。私は自分の内臓を使うことでしか詩を甘受できない、面白がれない。身が疼くことを言葉にしようと、次から次へ欲動が湧いてくるという感覚、エロスの現場に迷い込み、自我の外に出てみたら何がなせるだろうか、何が爆発するだろうかという思い、それを大切にしていきたい。実に子供っぽく、無目的なお祭り騒ぎ仕立てではあるけれど、人はそれぞれ唯一の身体興奮世界で「今」を生きているのだから、もっともリアリティのある場所で書くことの、あるいはそこで書かされることとの偶然に身を任せるしかないのだと思う。

まだまだ力不足は否めないが、そうやって紡いできたものを、一冊の本にする贅沢を許された。とても幸せなことだ。励まし、助けてくださった、先輩詩人の方々、友人たち、通りすがりの人々、思潮社の方々、装画の神彌佐子さん、そしてこの本を開いてくださった読者の方々に心から感謝したい。

八潮れん

ウーサ

著者
八《や》潮《しお》れん

発行者
小田久郎

発行所
株式会社思潮社
〒162-0842　東京都新宿区市谷砂土原町 3-15
tel 03(3267)8153(営業)　8141(編集)

印刷・製本
創栄図書印刷株式会社

発行日
2010 年 8 月 31日